¿SE PUEDE ESCUCHAR UN GRITO EN EL ESPACIO?

Preguntas y respuestas sobre la exploración espacial

POR MELVIN Y GILDA BERGER

ILUSTRADO POR VINCENT DI FATE

CONTENIDO

CLAVE DE ABREVIATURAS

cm = centímetro
kg = kilogramo
km = kilómetro
km² = kilómetro cuadrado
l = litro
m = metro
t = tonelada
°C = grados Celsius o centígrados
F = Fahrenheit

Originally published in English as *Can You Hear a Shout in Space?*
Translated by Susana Pasternac.

Text copyright © 2000 by Melvin Berger and Gilda Berger
Illustrations © 2000 by Vincent Di Fate
Translation © 2005 by Scholastic Inc.
All rights reserved. Published by Scholastic Inc.
SCHOLASTIC and associated logos are trademarks and/or registered trademarks of Scholastic Inc.

No part of this publication may be reproduced in whole or in part, or stored in a retrieval system, or transmitted in any form or by any means, electronic, mechanical, photocopying, recording, or otherwise, without written permission of the publisher. For information regarding permission, write to Scholastic Inc., Attention: Permissions Department, 557 Broadway, New York, NY 10012.

Library of Congress Cataloging-in-Publication Data

Berger, Melvin.
  Can you hear a shout in space?: questions and answers about space exploration / by Melvin Berger and Gilda Berger; illustrated by Vincent Di Fate.
    p.   cm.—(Scholastic question and answer series)
Includes index.
  Summary: Provides answers to commonly asked questions about space exploration, including "Which was the first living being in space?" and "Do you grow taller or shorter in space?"
  1. Astronautics—Miscellanea—Juvenile literature. 2. Outer space—Exploration—Juvenile Literature. [1. Astronautics—Miscellanea. 2. Outer space—Exploration Miscellanea.
  3. Questions and answers.] I. Berger, Gilda. II. Di Fate, Vincent, ill. III. Title. IV. Series: Berger, Melvin. Scholastic questions and answer series.
TL793.B434 2000   629.4—dc21   99-13212   CIP   AC

ISBN 0-439-76538-2

12 11 10 9 8 7 6 5 4 3 2 1   5 6 7 8 9 10/0

Printed in the U.S.A.   08

First Spanish printing, October 2005

A los hermanos Erly: Brian, Steven y Andrew
—M. y G. BERGER

A la memoria de John Wood Campbell Jr.,
figura legendaria de la literatura de ciencia ficción
—V. Di FATE

Nota del editor:
En México y en EE.UU., se suelen poner comas para dividir las cifras de mil, pero ya que tanto en España como en la mayoría de los países latinoamericanos se usa el punto para este objeto, se ha optado por complacer a la mayoría.

INTRODUCCIÓN

La mayoría de nosotros nunca irá al espacio. Sin embargo, la exploración espacial desempeña un papel muy importante en nuestras vidas. Leemos relatos sobre viajes espaciales; vemos películas sobre aventuras en el espacio; vemos en televisión el lanzamiento y aterrizaje de los trasbordadores; jugamos con juegos sobre temas del espacio; y hasta tenemos juguetes espaciales predilectos.

Aun más, vivimos mejor gracias a la exploración espacial. Apretamos un botón y vemos en la televisión imágenes de lugares lejanos en directo. En segundos, hacemos llamadas vía satélite a cualquier lugar del mundo. Y cuando viajamos en barco o en avión, usamos satélites para conocer nuestra posición y llegar a nuestro destino.

Todo lo que vemos y escuchamos en relación con el espacio despierta nuestra curiosidad. ¿Cómo se logra propulsar mediante cohetes trasbordadores al espacio? ¿Qué se siente al caminar sobre la Luna? ¿Cómo comen, duermen o van al baño los astronautas en el espacio? ¿Por qué usan los astronautas trajes espaciales? ¿Qué es la Estación Espacial Internacional? ¿Se ha encontrado vida en otros planetas? ¿Quién selecciona y entrena a los astronautas?

¿Se puede escuchar un grito en el espacio? contesta estas y muchas otras preguntas. Si eres curioso o sueñas con viajar algún día al espacio, lee este libro.

Melvin Berger   *Gilda Berger*

PASOS HACIA EL ESPACIO

¿Se puede escuchar un grito en el espacio?

No, a menos que tengas una radio en tu traje espacial. En el espacio casi no hay aire y sin aire u otro medio que propague las ondas sonoras, no hay sonidos.

¿Dónde comienza el espacio?

Donde acaba la atmósfera de la Tierra, a unas 60 millas (96 km) por encima de la superficie terrestre. La atmósfera es como un manto de aire que cubre nuestro planeta y nos proporciona el oxígeno necesario para vivir. Cuanto más se sube, más se enrarece el aire. A 60 millas (96 km) de altura, quedan pocos rastros de aire. Más o menos allí termina la atmósfera y comienza el espacio.

¿Dónde termina el espacio?

El espacio no termina. Es infinito. Continúa más allá del sistema solar y más allá de las estrellas más distantes.

¿Pueden volar los aviones al espacio?

No. Los aviones necesitan aire para volar. El aire que se mueve alrededor de las alas produce la fuerza de elevación que mantiene a un avión en el aire. Además, el oxígeno del aire permite quemar el carburante en los motores del avión. Si no hubiera aire, los aviones se caerían y se estrellarían contra la Tierra. Como comprenderás, esa no es la mejor manera de viajar al espacio.

Venus

Mercurio

Tierra

Luna

¿Cómo se puede viajar al espacio?

En cohete. Sólo un cohete tiene suficiente potencia y velocidad para vencer la fuerza de gravedad de la Tierra y entrar en el espacio.

Un cohete no necesita alas para volar. Usa su propia fuerza propulsora para elevarse y además, lleva su propia provisión de oxígeno. Eso quiere decir que puede quemar combustible en pleno espacio, donde casi no hay aire.

¿Qué impulsa a un cohete?

La combustión del carburante que crea gases calientes de gran presión. Los gases no tienen por dónde salir, excepto por una pequeña abertura en la base del cohete. Al salir con gran fuerza, los gases empujan el cohete hacia arriba. ¡Un cohete puede sobrepasar la velocidad del sonido!

¿Puedo hacer mi propio cohete?

Infla un globo, cierra su abertura fuertemente y luego déjalo escapar. Observa cómo el globo se dispara hacia arriba a medida que el aire sale por la abertura.

El aire actúa en el globo como los gases en el cohete. A medida que sale, el aire empuja el globo en dirección opuesta, pero ¡tu cohete no irá muy lejos!

¿Quién inventó los primeros cohetes?

Los chinos, hace unos 800 años. Utilizaban pólvora para impulsar sus cohetes. Cuando encendían la pólvora, esta se quemaba rápidamente o explotaba y disparaba una ráfaga de gases calientes. La combustión de esos gases impulsaba el cohete hacia arriba.

Al principio, los chinos usaron cohetes para los fuegos artificiales. Posteriormente, los ataron a flechas y los usaron en las guerras. En el siglo XIII, los soldados del ejército chino usaron los primeros cohetes contra sus enemigos.

¿Cuál fue el primer cohete moderno?

Un pequeño cohete lanzado por Robert Goddard en 1926. El cohete sólo se elevó unos 40 pies (12m) en dos segundos y luego cayó al suelo, pero ese lanzamiento marcó el comienzo de la historia espacial. Fue el primer cohete impulsado por combustible líquido.

¿Cuál fue el primer cohete de largo alcance?

El V-2, lanzado por primera vez en 1942. Durante la Segunda Guerra Mundial, los alemanes usaron los V-2 para lanzar bombas enormes a objetivos enemigos lejanos.

Al término de la guerra, en 1945, los científicos estadounidenses lograron construir sus propios cohetes. Los nuevos cohetes llegaron a una altura de 250 millas (400 km) en el espacio.

¿Cuándo comenzó la era espacial?

El 4 de octubre de 1957. Ese día, la Unión Soviética lanzó un cohete que llevó el *Sputnik* (que luego se llamó *Sputnik I*) al espacio. El *Sputnik* fue el primer satélite fabricado por seres humanos que dio la vuelta a nuestro planeta.

El *Sputnik* dio una vuelta llamada órbita alrededor de la Tierra y la completó en poco más de una hora y media. El *Sputnik* era del tamaño de una pelota de fútbol y pesaba 184 libras (83 kg). Llevaba un transmisor de radio que emitía señales eléctricas constantemente. Esas señales permitieron a los científicos seguir su posición en el espacio.

¿Qué mantiene en órbita a un satélite?

Su gran velocidad. Los satélites de órbitas bajas viajan a una velocidad increíble de 17.500 millas (27.350 km) por hora, pero mientras avanzan, la gravedad los atrae hacia abajo. El movimiento combinado hacia adelante y hacia abajo los mantiene en órbita. Los satélites permanecen a una altitud segura sobre la Tierra y ¡no necesitan motores para mantenerse arriba!

Sputnik

¿Cuál fue el primer ser vivo en el espacio?

Una perra pequeña llamada Laika. El 3 de noviembre de 1957, Laika fue enviada al espacio en el *Sputnik II* y completó siete órbitas. Luego su suministro de oxígeno se acabó y murió, pero Laika entró en la historia. Gracias a ella, se comprobó que era posible que un ser vivo sobreviviera en el espacio.

¿Quién fue la primera persona en el espacio?

Yuri Gagarin de la Unión Soviética. Partió el 12 de abril de 1961 y completó una vuelta alrededor de la Tierra a una altitud de 203$^1/_5$ millas (327 km). Gagarin pasó casi dos horas en el espacio.

El astronauta estadounidense Alan Shepard Jr. lo siguió el 5 de mayo de 1961, pero no entró en órbita. Su nave espacial se elevó a 115 millas (184 km) de altitud y retornó a la Tierra 15 minutos y 28 segundos después. Fue el viaje más corto de la historia espacial.

Trasbordador orbital con tanques de combustible

Nave lunar *Apolo/Saturn 5*

¿Quién fue el primer estadounidense que orbitó alrededor de la Tierra?

El astronauta John Glenn Jr. Un cohete envió al espacio su nave espacial *Friendship* 7 el 20 de febrero de 1962. Glenn completó tres órbitas a una altitud de 162 millas (260 km) en menos de cinco horas. Ahora se puede ver el *Friendship* 7 en el Museo Nacional de Aeronáutica y del Espacio de Washington, D.C.

En octubre de 1998, a los 77 años de edad, Glenn viajó nuevamente al espacio. Hasta ese momento, era la persona de mayor edad en hacerlo.

¿Quién fue la primera mujer en el espacio?

Valentina Tereshkova de la Unión Soviética. Comenzó su viaje el 6 de junio de 1963. En los tres días que siguieron, Tereshkova completó 49 órbitas alrededor de la Tierra.

La cápsula *Mercury* con torre de escape

Cohete V-2 con lanzacohetes móvil

Alunizador

¿Sienten los astronautas la fuerza de gravedad dentro de la nave espacial?

No, pero no porque estén más allá de la fuerza de gravedad. No sienten la gravedad en órbita porque su nave vuela hacia delante y hacia abajo al mismo tiempo.

Tú sentirías lo mismo por un instante en un ascensor si este comenzara a bajar a gran velocidad. Tendrías la impresión de no tener peso porque tú y el ascensor bajarían a la misma velocidad. Si en el momento en que el ascensor descendiera te pararas en una balanza, esta marcaría cero.

¿Quién dio el primer "paseo" en el espacio?

Aleksei Leonov de la Unión Soviética, el 18 de marzo de 1965. Leonov pasó diez minutos flotando fuera de la nave espacial *Voskhod 2*.

¿Quién fue el primero en caminar en la Luna?

El astronauta estadounidense Neil Armstrong, el 20 de julio de 1969. Al poner el pie en la Luna, Armstrong dijo estas palabras famosas: "Es un pequeño paso para un hombre, pero un salto gigante para la humanidad".

¿Cómo fue caminar sobre la Luna?

No fue muy difícil. La Luna es mucho más pequeña que la Tierra y su fuerza de gravedad equivale sólo a una sexta parte de la de la Tierra. Armstrong descubrió que podía saltar con facilidad a pesar de su pesado traje espacial. En realidad, saltar resultó ser la mejor forma de ir de un lado a otro.

Supongamos que pesas unas 60 libras (27.2 kg) en la Tierra. Tu peso en la Luna sería de ¡sólo 10 libras (4.5 kg)!

¿Por qué fue tan importante el primer alunizaje?

Era la primera vez que un ser humano visitaba otro objeto en el espacio. ¡Miles de hombres y mujeres trabajaron juntos para alcanzar uno de los mayores triunfos de todos los tiempos!

¿Ha habido otros alunizajes?

Sí. Hubo seis alunizajes entre 1969 y 1972. En total, 12 astronautas pisaron el suelo de la Luna. En los tres últimos alunizajes, los astronautas exploraron la Luna con un vehículo lunar ligero.

¿Qué trajeron los astronautas de la Luna?

Cientos de kilos de muestras de suelo y piedras lunares. Las piedras son de color marrón y gris y contienen partículas de vidrio. Los científicos creen que muchas de ellas provienen de antiguos volcanes porque hoy en día no hay volcanes activos en la Luna.

Las piedras tampoco muestran indicios de vida animal ni vegetal. Las mediciones que se realizaron de las piedras de la Tierra y de la Luna sugieren que las dos se formaron hace unos 4.600 millones de años.

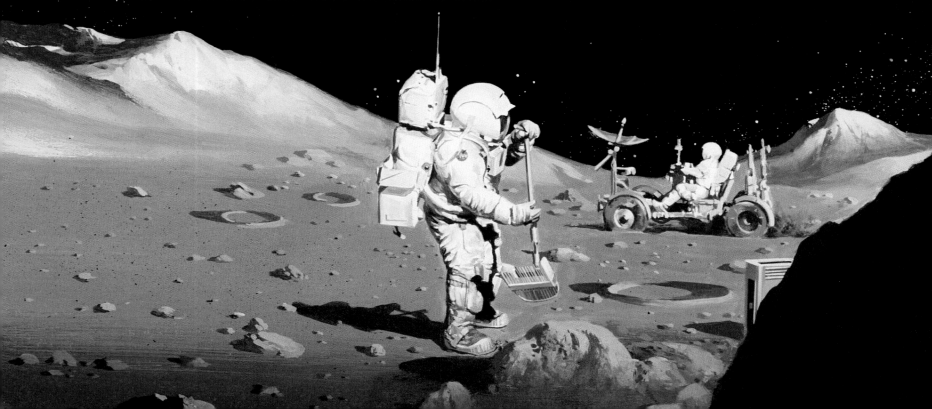

¿Qué dejaron los astronautas en la Luna?

Instrumentos para medir las condiciones climáticas de la Luna. Los resultados indican que la temperatura asciende al grado de ebullición cuando brilla el sol y que la temperatura es gélida cuando oscurece. Además, parece que se producen algunos temblores causados por leves "lunamotos".

Los astronautas dejaron también la bandera de Estados Unidos en los lugares en los que alunizaron. Como no hay viento en la Luna, sujetaron las banderas con alambres rígidos para mantenerlas extendidas.

Por supuesto, los astronautas dejaron las huellas de sus zapatos. Como en la Luna no hay agua, aire ni vida que pueda modificarlas, las huellas se quedarán allí durante millones de años.

Fuera de eso, la misión dejó seis aparatos de alunizaje, tres vehículos lunares y muchas herramientas y equipos. Puesto que tienen un valor de millones de dólares, se trata de una de las chatarras más caras de la historia.

¿Cuántas personas han ido al espacio?

En total, unas 400, entre hombres y mujeres. En Estados Unidos, la NASA (Administración Nacional de Aeronáutica y del Espacio) selecciona y entrena a los astronautas estadounidenses.

¿Cómo prepara la NASA a los astronautas?

Con un entrenamiento intensivo. Los futuros astronautas deben estudiar muchas materias que van de la aeronáutica a los efectos del espacio en el cuerpo humano. También se entrenan para volar en aviones de propulsión a chorro y para aprender a tomar decisiones rápidas y trabajar con maquinarias complejas.

Asimismo, aprenden a adaptarse a la ingravidez y a flotar en las cabinas acolchonadas de una gran nave, escalando y practicando caídas libres. Además, se entrenan bajo el agua en una piscina enorme donde casi no sienten su peso cuando flotan.

El entrenamiento también consiste en hacer ejercicios para sobrevivir en aterrizajes de emergencia. Los hombres y mujeres que desean ir al espacio aprenden lo que deben hacer si caen accidentalmente en medio del océano, el desierto o la selva. El entrenamiento suele durar más de un año. Si los alumnos se desempeñan bien, están listos para viajar al espacio. Tarde o temprano, la mayoría de los astronautas son asignados a una misión espacial.

¿Puede ser astronauta cualquier persona?

Sí, pero no es fácil. Los primeros astronautas eran pilotos de avión experimentados. En la actualidad, también viajan al espacio científicos especializados en los más variados campos.

Para ser astronauta, debes ser muy instruido, estar en excelentes condiciones físicas y mentales y ser capaz de someterte a un entrenamiento largo y difícil. La NASA sólo acepta a personas realmente extraordinarias en su programa espacial.

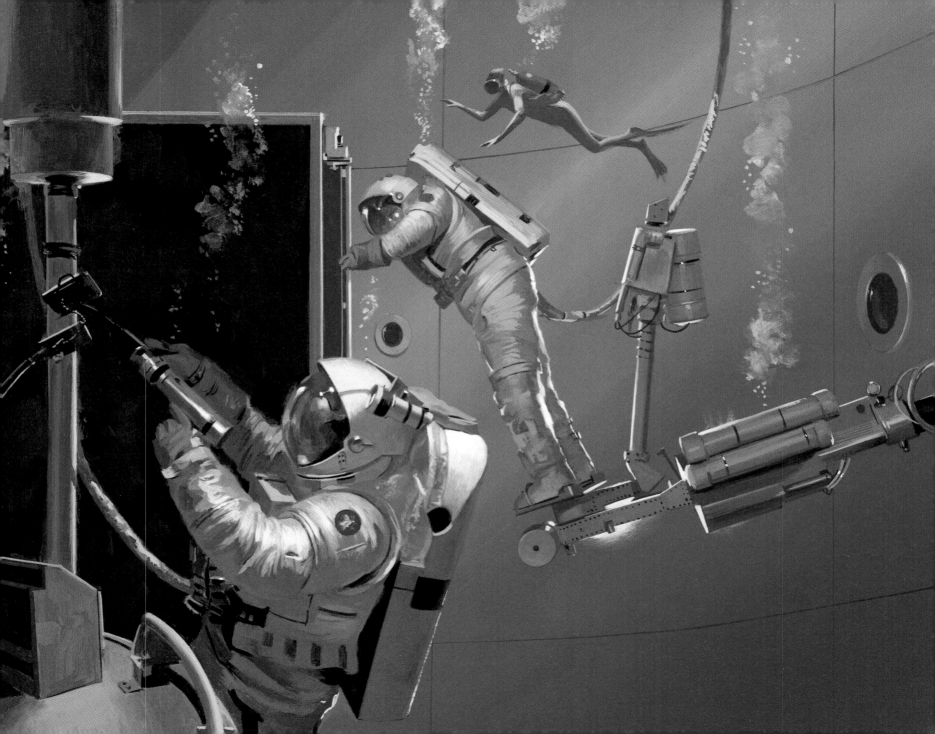

LA VIDA EN EL ESPACIO

¿Cuándo comenzó la "nueva" era espacial?

El 12 de abril de 1981, con el lanzamiento del trasbordador espacial *Columbia*. Según explica la NASA, el trasbordador espacial se "lanza como un cohete, transporta carga como un camión y aterriza como un avión". El trasbordador fue la primera nave espacial capaz de volar una y otra vez. Antes, las naves espaciales sólo podían hacer un vuelo.

El *Columbia* llevó una tripulación de dos personas en su misión de 54 horas y completó 36 órbitas alrededor de la Tierra. Para demostrar que la nave podía volver a volar, fue lanzada nuevamente al espacio siete meses después.

¿Qué aspecto tiene un trasbordador?

Parece un avión con cohetes y consta de tres partes principales: el orbitador, el tanque de combustible externo y dos cohetes propulsores.

El orbitador lleva a la tripulación y la carga. En su cabina pueden vivir y trabajar hasta ocho astronautas. Usan trajes espaciales durante el despegue y el aterrizaje y ropa normal el resto del tiempo. Detrás de la cabina está la bodega de carga que es del tamaño de un enorme tractor a remolque con capacidad para 30,5 toneladas de carga. Los motores de los tres cohetes principales transmiten al orbitador una propulsión de más de 2 millones de libras (9 millones de kg).

Un enorme tanque externo de combustible, del tamaño de un edificio de 15 pisos, va unido al cuerpo del orbitador. El tanque contiene el combustible necesario para los motores del orbitador.

A los costados del orbitador se encuentran dos cohetes propulsores que le suministran cerca de 6 millones de libras (3 millones de kg) de impulso suplementario para elevarse al espacio.

Tanque de combustible externo

Cohete propulsor

Cohete propulsor

Orbitador

USA

NASA

¿Quién viaja en el trasbordador?

La tripulación está compuesta por un comandante a cargo del vuelo, un piloto que ayuda en el vuelo del orbitador y varios "especialistas" con diversas misiones que van desde experimentos científicos hasta el lanzamiento de satélites desde la bodega del trasbordador.

¿Cómo llega el trasbordador al espacio?

Unas llamaradas estruendosas salen de los tres motores gigantes y de los dos cohetes propulsores. La fuerza hace que el trasbordador despegue de su base. En dos minutos sube a 32 millas (51 km). Los dos cohetes propulsores se separan del orbitador y caen en paracaídas al océano Atlántico, donde son recuperados por barcos que los están esperando.

A los 8½ minutos, el trasbordador llega a 70 millas (113 km) de altitud y los motores del orbitador ya han consumido todo el combustible del tanque externo. El tanque se separa y se destruye al atravesar la atmósfera de la Tierra. Esta es la única parte del trasbordador que no se vuelve a utilizar.

¿Qué se siente en el momento del despegue?

La propulsión de los motores del cohete te empuja contra el asiento. A medida que aumenta la velocidad de la nave espacial, sientes sobre tu cuerpo una fuerza tres veces superior a tu peso normal. Un astronauta dijo que le pareció que ¡un gorila se había sentado en su pecho!

¿Cuánto tiempo se tarda en entrar en órbita?

Menos de 10 minutos. La órbita normal está a cerca de 200 millas (320 km) por encima de la Tierra.

¿Es el espacio azul como el cielo?

No. El espacio es negro. Como no hay aire que disperse la luz del sol, no hay color. Desde el espacio se pueden ver los planetas y las estrellas, pero alrededor de ellos todo es de un negro profundo.

¿Es agradable no sentir el peso del cuerpo?

Al principio no, porque tu sentido del equilibrio se trastorna y puedes sentirte aturdido y mareado. Si giras rápidamente la cabeza, te parece que todo da vueltas a tu alrededor.

Además, la sangre te sube a la cabeza, tu cara se hincha y tu nariz se tapa. Los astronautas dicen que en el espacio sientes como si estuvieras colgado de las piernas en las barras de un gimnasio.

Por supuesto, la mayoría de las personas se acostumbran en un día o dos a no sentir su peso. De lo contrario ¿cómo podrían trabajar en el espacio?

¿Se puede trabajar sin sentir el peso del cuerpo?

Para cada trabajo se necesita el doble de tiempo que en la Tierra. Para ajustar un tornillo, por ejemplo, tienes que usar una agarradera de mano o de pie para mantenerte inmóvil, si no, te bambolearías de un lado a otro en lugar de ajustar el tornillo. Usar un martillo es igualmente complicado. La fuerza del golpe puede empujarte hacia atrás. No es de sorprenderse que los astronautas estén agotados al final del día.

¿Se puede caminar en el orbitador?

En realidad, no. Para ir de un lugar a otro debes sujetarte de las agarraderas. También puedes tomar impulso en un punto y flotar hasta otro.

Mantenerte en un sitio es aun más difícil. Tienes que sujetarte con algo, amarrar tus pies con correas o atarte a un asiento.

Ni se te ocurra agacharte. Es como tratar de agarrar los dedos del pie bajo el agua en la parte honda de una piscina.

¿Se vuelve uno más alto o más pequeño en el espacio?

Unas 2 pulgadas (5 cm) más alto. Sin la fuerza de gravedad, tu espina dorsal se estira. Al mismo tiempo, tu cintura se achica porque muchos de tus órganos flotan hacia la parte superior de tu pecho.

¿Hacen los astronautas ejercicios en el espacio?

Sí, por supuesto. Los astronautas deben hacer ejercicios porque la falta de peso debilita los huesos y los músculos. Para hacer ejercicios se necesita mucho tiempo y energía, pero es necesario. Pedalear en una bicicleta fija, por ejemplo, obliga a los músculos a moverse de la misma manera que en la Tierra. Mientras pedalea durante 90 minutos, que es el tiempo que se tarda en completar una órbita, ¡un astronauta da la vuelta al mundo!

¿Cómo se come, se duerme y se va al baño en el espacio?

Comes comida de paquetes de plástico o aluminio. Si no los conservaran de esa manera, los alimentos saldrían flotando. ¿Tienes sed? Exprime una bolsa de papel de aluminio directamente en tu boca. Si el líquido estuviera en un vaso abierto, subiría por los costados y las gotas flotarían en la cabina.

Duermes en una bolsa de dormir sujetada a la pared. Si no cierras la cremallera, terminarás dando vueltas por la cabina.

Vas al baño tal como vas en tu casa, pero tienes que usar agarraderas para sostenerte en el asiento. El aire, no el agua, se lleva los desechos.

¿Se puede tomar una ducha en el espacio?

En el trasbordador no, porque no hay espacio, pero puedes hacerlo en la estación espacial donde hay una ducha especial que dirige el agua hacia tu cuerpo. Luego, algo similar a una aspiradora absorbe el agua jabonosa, pero asegúrate de que quede suficiente agua para enjuagarte.

La mayoría de los astronautas se asean con esponjas o ponen agua y jabón en un paño y se lavan. Usan un jabón especial que no necesita enjuague. Sólo tienen que secarse con una toalla.

¿Cómo te peinas en el espacio?

Con cuidado. Los cabellos largos se enredan por la ingravidez. Por eso la mayoría de los astronautas tiene el pelo corto y sólo necesitan cepillarse en la mañana.

¿Cuál es el trabajo principal del orbitador?

Lanzar satélites. Además, en el orbitador los astronautas verifican los satélites antes y después de enviarlos al espacio. Si es necesario, los reparan en órbita o los envían a la Tierra para que sean reparados.

Otro de sus trabajos consiste en construir la estación espacial y aprovisionarla. El orbitador es suficientemente grande como para contener las piezas enormes de la nueva estación en órbita. Otra de sus misiones es transportar astronautas y provisiones frescas a la estación.

¿Qué es el *Spacelab*?

Un laboratorio completo que se solía llevar en la bodega de carga del trasbordador. El *Spacelab* estaba conectado a la cabina por un pequeño túnel. Era parte de muchas misiones de diez días que comenzaron en 1983.

Los científicos realizaron muchos experimentos en el *Spacelab* a fin de prepararse para trabajar en los laboratorios de la estación espacial: estudiaron los cambios que experimentan los seres humanos, los animales pequeños y las plantas en el espacio y descubrieron el comportamiento de diversos materiales en estado de ingravidez. Anexaron un telescopio al *Spacelab* para observar los cuerpos espaciales sin la interferencia de la atmósfera terrestre.

¿Cómo regresa el orbitador a la Tierra?

El piloto enciende dos pequeños cohetes. Los cohetes disminuyen la velocidad del orbitador y lo sacan suavemente de órbita. La nave espacial empieza a descender a la Tierra.

Mientras el orbitador atraviesa la atmósfera de la Tierra, el aire comprimido que se acumula enfrente eleva la temperatura a 2.300 grados Fahrenheit (1.260 °C). La panza de la nave adquiere un color rojo incandescente debido al calor, pero unas losetas especiales ubicadas en la parte inferior del orbitador impiden que se incendie.

Al acercarse a la Tierra, la densidad del aire ayuda a disminuir su velocidad. Las alas le permiten planear hacia el puerto espacial. En minutos aterriza en una pista larga. Un paracaídas se abre en su cola y lo detiene.

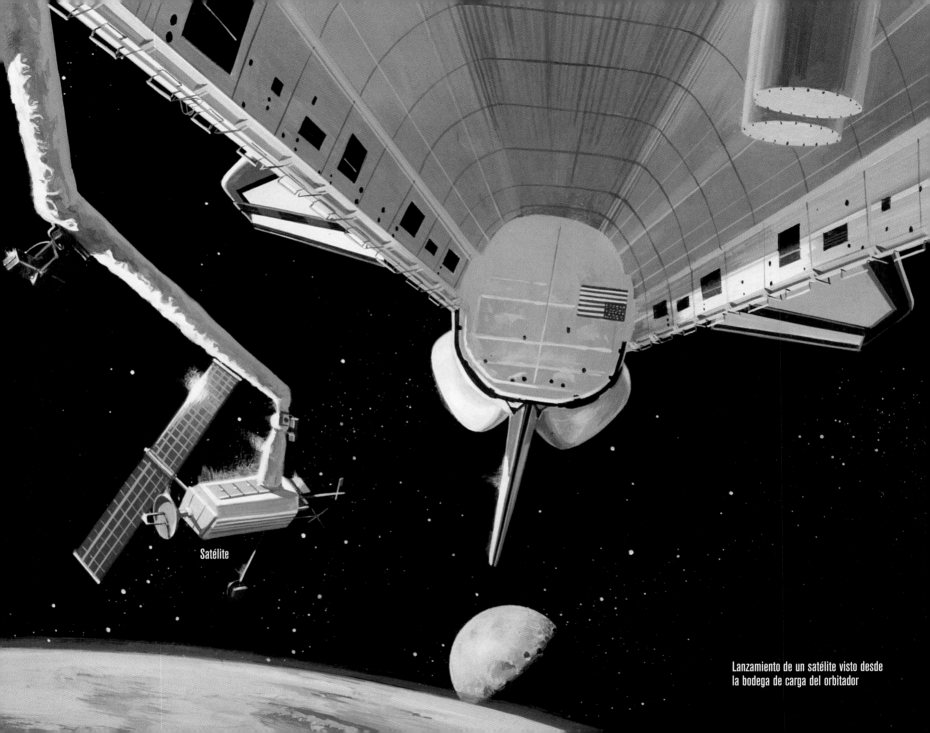

Satélite

Lanzamiento de un satélite visto desde
la bodega de carga del orbitador

LOS USOS DEL ESPACIO

¿Qué hacen los satélites?

Depende. Los satélites de comunicaciones transmiten señales de radio, televisión y teléfono a la Tierra. Los satélites meteorológicos observan las condiciones climáticas de la atmósfera terrestre y permiten pronosticar el tiempo. Los satélites cartográficos estudian los cambios de la superficie de la Tierra. Los satélites militares secretos siguen los movimientos de tropas, barcos, aeroplanos y armas. Y los satélites astronómicos estudian las estrellas, las galaxias y otros cuerpos espaciales.

¿Cuál es el satélite más conocido?

El satélite astronómico conocido con el nombre de Telescopio Espacial *Hubble*. Lanzado en abril de 1990, el *Hubble* orbita alrededor de la Tierra a una altitud de 380 millas (610 km). Fue enviado más allá de la atmósfera terrestre para que los científicos pudieran ver más lejos y tener una mejor visión del espacio.

¿Qué trabajo de reparación realizado en el espacio es el más famoso?

La reparación del Telescopio Espacial *Hubble*. Al principio no funcionaba bien. Uno de sus espejos era demasiado plano y por eso las imágenes llegaban borrosas. Además, registraba un pequeño temblor a causa del viaje orbital.

En 1993, la NASA envió astronautas en un trasbordador para reparar el *Hubble*. Con un brazo robótico de 50 pies (15.2 m) engancharon el telescopio y lo introdujeron en la bodega de carga exterior. Trabajando con trajes espaciales, reemplazaron algunas piezas y agregaron nuevos instrumentos, después de lo cual lo devolvieron a su órbita. Cuatros años más tarde, los científicos de la NASA mejoraron el *Hubble* agregándole varias piezas de equipo avanzado.

Telescopio Espacial *Hubble*

Anillos de Saturno

Estrellas en formación

Galaxias al borde del universo

¿Funciona bien el *Hubble* ahora?

Sí. El *Hubble* puede ver siete veces más lejos que el mejor telescopio de la Tierra. Es tan potente que puede ver a 500 millas (800 km) de distancia si una moneda es cara o cruz.

El *Hubble* tomó la primera fotografía nítida del planeta Plutón. Descubrió nubes de polvo y gas que podrían estar formando nuevos planetas alrededor de estrellas jóvenes. Con el tiempo, ha logrado reunir una cantidad increíble de información sobre objetos que están a mil millones de kilómetros de distancia en el espacio.

¿De dónde obtienen su energía el *Hubble* y otros satélites?

Del Sol. Cada satélite tiene paneles solares con un gran número de celdas solares. Las celdas transforman la luz solar en electricidad. La electricidad se almacena en pilas para suministrar energía a los satélites cuando están en la oscuridad.

¿Cuánta electricidad necesitan los satélites?

Muy poca. Un satélite típico apenas necesita la electricidad que usa un tostador eléctrico.

¿Cuántos satélites funcionan ahora en el espacio?

Unos 200 de los miles lanzados durante años. Los restantes dejaron de funcionar o se cayeron de sus órbitas.

Los científicos esperan contar pronto con satélites espaciales más pequeños y livianos que los actuales. Necesitarán menos energía, serán más confiables y realizarán más funciones. Un satélite de comunicaciones, por ejemplo, podría hacer trabajos tan diferentes como detectar plagas de insectos o contaminación en el aire.

¿Qué es una estación espacial?

Un satélite grande que permanece en órbita alrededor de la Tierra por un período de tiempo largo. Los científicos pueden vivir y trabajar allí durante meses. La mayoría de las estaciones espaciales se encuentran orbitando a 200 y 300 millas (300 y 400 km) de la Tierra.

¿Qué hacen los astronautas en una estación espacial?

En general, experimentos. Los astronautas controlan su propia condición física, desarrollan materiales nuevos, prueban nuevas formas de fabricar medicamentos, cultivan diversas plantas, crían animales y observan la Tierra y otros objetos espaciales durante semanas y meses.

Los miembros de la tripulación también se encargan de la estación espacial. Limpian los recintos donde viven, hacen nuevos experimentos, preparan las ampliaciones de la estación y reparan lo que se rompe. En su tiempo libre leen, llaman por radio a casa, hacen ejercicios, ven películas y toman fotos.

¿Cuál fue la primera estación espacial de Estados Unidos?

El *Skylab* enviado al espacio el 14 de mayo de 1973. El objetivo principal era comprobar si la gente podía vivir y trabajar en estado de ingravidez durante tres meses. La tripulación realizó también muchos estudios importantes sobre la Tierra y el Sol.

¿A quién se le ocurrió estudiar a las arañas en el *Skylab*?

A un estudiante de escuela secundaria de Massachusetts. El estudiante sugirió un experimento para ver si las arañas podían tejer sus telas en estado de ingravidez.

Dos arañas, llamadas Anita y Arabella, fueron al espacio. Al principio tuvieron dificultad para tejer sus telas, pero después de unos días, empezaron a trabajar construyendo telarañas fuertes y perfectas. Parece que las arañas son como los seres humanos. ¡También se acostumbran a no tener peso!

El *Apolo* se acerca al *Skylab*

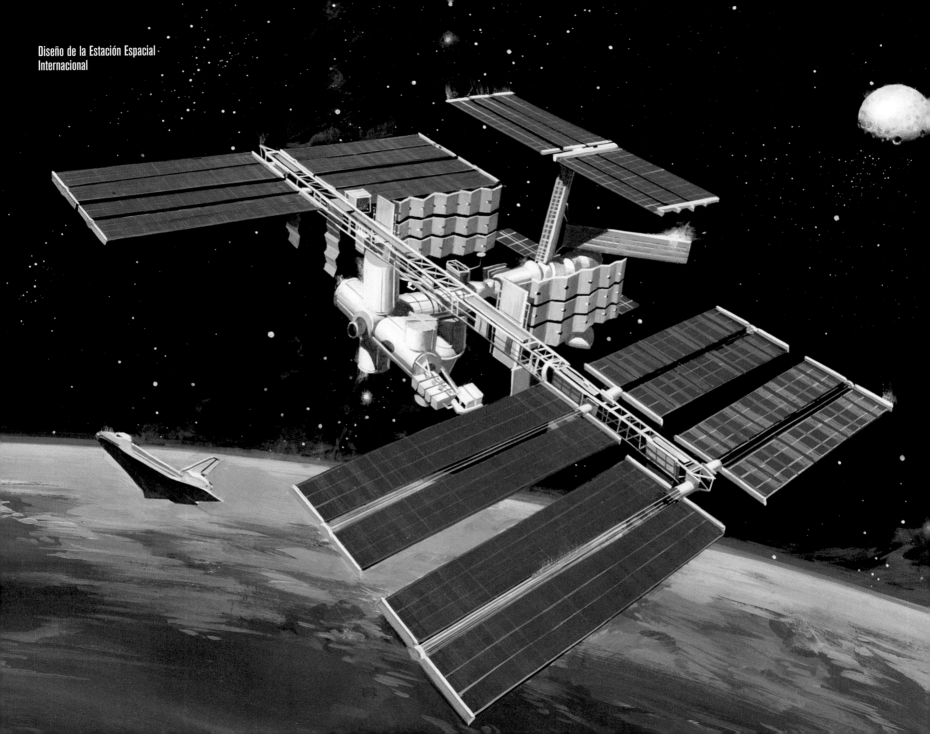

¿Cómo se construyen las estaciones espaciales?

Pieza por pieza. En el pasado, se lanzaban estaciones espaciales enteras mediante cohetes, pero hoy las estaciones espaciales son mucho más grandes. Constan de espacios individuales llamados módulos. Cada módulo es aproximadamente del tamaño de un autobús escolar. Los trasbordadores los llevan uno por uno. Luego los astronautas usan un brazo robótico para ponerlos en su lugar y salen con sus trajes espaciales a terminar el montaje.

¿Por qué usan los astronautas trajes espaciales cuando salen del trasbordador?

Porque en el espacio no hay aire. Los astronautas llevan oxígeno consigo. En sus mochilas tienen unos ventiladores pequeños que les suministran constantemente aire para respirar. Unas válvulas automáticas mantienen la presión del aire dentro del traje a un nivel confortable. Aun así, no es fácil moverse con esos trajes. ¡Pesan unas 300 libras (136 kg) cada uno!

¿Qué estación espacial ha estado más tiempo en el espacio?

La estación *Mir*, puesta en órbita por la Unión Soviética el 20 de febrero de 1986. Durante 13 años, grupos de astronautas de diferentes países se turnaron para trabajar y vivir en la estación *Mir*. Valery Polyakov estableció el récord de permanencia en una estación espacial: un año y 73 días.

¿Existen planes para construir otras estaciones espaciales?

Sí. Ingenieros de 16 países están construyendo la enorme Estación Espacial Internacional. Un cohete ruso puso el primer módulo en órbita el 20 de noviembre de 1998; una segunda sección viajó en un trasbordador y fue añadida unas semanas después.

En los próximos lanzamientos se enviará una docena de módulos. Cuando esté terminada, la Estación Espacial Internacional será más grande que una cancha de fútbol. Los sectores destinados a los laboratorios y a alojar a siete astronautas tendrán el tamaño del interior de dos aviones Jumbo 747. Algunos dicen que es el proyecto de construcción más complejo de los últimos 100 años.

¿Qué es una sonda espacial?

Un robot en forma de astronave que viaja al espacio sin tripulación.

Cada sonda lleva una gran cantidad de instrumentos y envía información por radio a la Tierra. Las sondas permiten a los científicos estudiar los planetas y sus lunas desde la seguridad de nuestro planeta Tierra.

La mayoría de las sondas se usan en vuelos de inspección o como orbitadores que no aterrizan. Las sondas toman medidas y fotografías y las envían a la Tierra.

A veces cuando aterrizan, las sondas espaciales toman muestras de suelo y piedras. Los instrumentos a bordo estudian las muestras y comunican sus descubrimientos por radio.

¿Cuál fue la primera sonda?

La sonda rusa *Luna 1*, lanzada en 1959. Esta sonda voló cerca de la Luna y se acercó a 3.700 millas (6.000 km) de su superficie.

Desde entonces, muchas otras sondas han ido a la Luna. Algunas orbitaron y tomaron fotografías detalladas de la cara visible y de la cara oculta de la Luna.

¿Qué sondas fueron a los planetas más distantes?

Pioneer 10 y *11* y *Voyager 1* y 2 en los años setenta. Todas ellas pasaron por Júpiter y Saturno y enviaron fotografías increíbles con información nueva. Las sondas encontraron volcanes en una de las lunas de Júpiter, géiseres en una de las lunas de Neptuno y extrañas formaciones de hielo en otras lunas.

La sonda *Voyager 2* fue quizás la más sorprendente. Pasó por Júpiter en 1979, por Saturno en 1981, por Urano en 1986 y por Neptuno en 1989. ¡Viajó 12 años completos desde su lanzamiento en 1977! La sonda envió fotos muy detalladas de todos los planetas. Además, descubrió 10 lunas que giran alrededor de Urano y 6 lunas en órbita alrededor de Neptuno.

Voyager pasa sobre Io, la luna de Júpiter.

Pioneer 10 pasa por última vez alrededor de Saturno.

¿Dónde están actualmente las sondas *Pioneer* y *Voyager*?

Están saliendo de nuestro sistema solar, pero los científicos siguen recibiendo señale
sondas *Pioneer* y *Voyager*.

Cada sonda *Pioneer* transporta una placa de metal con información sobre nuestro
planeta. La placa muestra fotos de un hombre, de una mujer, de un niño y también u
de nuestro sistema solar que indica la posición del planeta Tierra. *Voyager* transporta
grabación musical y saludos en varios idiomas. Si existe alguna forma de vida intelige
el espacio, ¡en algún momento podríamos tener noticias de ellos!

¿Qué sonda pasó cerca de un cometa?

La sonda *Giotto*, enviada al espacio el 2 de julio de 1985. *Giotto* pasó a 375 millas (
del cometa Halley el 13 de marzo de 1986. Un cometa es una bola de nieve sucia
compuesta de gases congelados y partículas de polvo.

Mientras fotografiaba al cometa, *Giotto* viajaba ¡a 149.133 millas (240.000 km) po
La sonda lleva ese nombre en honor a Giotto di Bondone, un artista italiano que pin
cometa Halley en 1305.

¿Qué sonda pasó cerca de un asteroide?

La sonda *Galileo* que comenzó su sexto viaje a Júpiter el 18 de octubre de 1989. *Galileo*
dirigía hacia Júpiter cuando pasó muy cerca del asteroide Gaspra, una enorme roca espa
Las fotos que *Galileo* envió a la Tierra ofrecieron a los científicos las primeras imágenes
detalladas de un asteroide. Las fotos muestran que Gaspra sólo tiene 11 millas (18 km)

¿Existe alguna sonda que estudie el Sol?

Sí, muchas, pero la sonda *Solar and Heliospheric Observatory*, llamada *SOHO*, es un
más importantes en órbita alrededor del Sol. La nave espacial, que comenzó su misi
abril de 1996, mide la atmósfera que rodea al Sol y los cambios que se producen en
superficie y proporciona información sobre lo que ocurre dentro de esa estrella.

EL FUTURO EN EL ESPACIO

Viajarán alguna vez los niños al espacio?

Quizás. Viajar al espacio es cada año más barato, más seguro y más frecuente. Con el tiempo, viajar al espacio será como viajar en avión en los primeros días de la aviación.

Dónde se hospedarán los primeros visitantes del espacio?

Probablemente en hoteles espaciales. Shimzu, una gran compañía japonesa, tiene ya planes para un hotel en el espacio.

El primer hotel espacial se construirá dentro de una rueda gigante que girará lentamente, creando la sensación de gravedad y permitiendo que la gente camine como en la Tierra. El hotel tendrá 64 habitaciones. Los huéspedes saldrán a dar paseos en el espacio, realizarán excursiones a la Luna e incluso practicarán deportes en estado de ingravidez.

Vivirá gente alguna vez en ciudades espaciales?

Es muy posible. Los científicos planean construir enormes colonias en el espacio, en la Luna o en Marte. Los viajeros que se dirijan a planetas más distantes podrían hacer su primera escala en la Luna. Miles de personas vivirán en esas comunidades durante períodos de tiempo largos.

Existen planes para una nueva nave espacial piloteada?

Sí. Un avión espacial llamado X-33 podría reemplazar al trasbordador. Será lanzado en posición vertical, como el trasbordador, mediante un nuevo tipo de cohete a motor. Una vez en el aire, los cohetes lo lanzarán al espacio. Al final de su misión, el X-33 aterrizará como un avión corriente.

Un posible
hotel espacial

X-33

¿Dónde viviría la gente en Marte?

Dentro de recintos sellados. Habría fábricas que producirían oxígeno para respirar, extrayéndolo del aire o del hielo del suelo de Marte. Otra posibilidad sería obtener oxígeno del cultivo de las plantas. En un experimento realizado en la Tierra, un científico vivió durante 15 días con 30.000 plantas de trigo en un cuarto herméticamente sellado. Las plantas absorbían el dióxido de carbono que el científico exhalaba y producían el oxígeno que necesitaba respirar.

Unos espejos gigantes podrían reflejar la luz solar para mantener una temperatura confortable dentro del recinto. En un futuro lejano, la gente podría cultivar plantas en los cascos polares de Marte. Las plantas absorberían la luz solar y producirían el calor que hace falta para descongelar los polos, y así se elevaría la temperatura en todo el planeta.

¿Dónde obtendría la gente agua en Marte?

Se la podría traer de la Tierra, pero según un científico, llevar a Marte una onza de agua en un trasbordador costaría ¡$10.000 dólares!

Una fuente mejor sería el agua congelada en el suelo de Marte. Se podría calentar el suelo para extraer el agua, o se podría transformar en agua líquida el vapor del aire.

Por último, se podrían usar espejos gigantescos de plástico brillante para reflejar la luz solar y derretir los cascos polares. Una idea consiste en usar ocho espejos gigantes, de media milla cuadrada (1,3 km) cada uno.

¿Cómo obtendría la gente alimentos en Marte?

Los primeros colonos probablemente los traerían consigo, del mismo modo que los astronautas de las naves espaciales. Luego comenzarían a cultivar sus alimentos.

La gente podría cultivar plantas en el agua bajo techo, porque las plantas no pueden crecer en el suelo de Marte. Nuestro vecino espacial registra temperaturas glaciares, no tiene agua líquida y tiene pocos minerales que las plantas necesitan. Las plantas que crecen en el agua necesitan menos espacio que las plantas que crecen en la tierra. Como no hay insectos que puedan comérselas, las plantas podrían desarrollarse muy bien en Marte. Las cosechas más abundantes serían el cacahuete y la soya.

¿Trabajará la gente en fábricas espaciales?

Sí. Ciertos medicamentos especiales, metales y microprocesadores tal vez den mejor resultado si se los fabrica en estado de ingravidez. Ya hay productos marcados: "Hecho en el espacio". Se trata de unas pelotitas de plástico líquido del tamaño de la punta de un alfiler que los científicos usan para medir los orificios superfinos de ciertos filtros. Las que se fabrican en la Tierra no son exactamente redondas. Las que se hacen en el espacio ¡son perfectas!

¿Podremos obtener alguna vez energía del espacio?

Sí. Los científicos planean poner en órbita un panel gigante de celdas solares. Las celdas captarían la luz solar y la transformarían en electricidad. Esta energía podría luego ser irradiada a la Tierra.

El problema es el peso. Una estación de energía solar sería muy pesada. Los paneles pesarían 600 veces más que el *Skylab*, el más pesado de los objetos enviados al espacio. Los trasbordadores espaciales necesitarían 5.000 vuelos sólo para llevar las piezas.

¿Qué materias primas podemos obtener del espacio?

Agua y metales. El agua es un recurso necesario y extremadamente valioso que se encuentra en algunos asteroides cercanos. Los metales para construir las colonias espaciales se pueden extraer de algunos asteroides o de la Luna. Después de todo, sería más barato obtener esos materiales en el espacio que tener que transportarlos desde la Tierra.

¿Podemos proteger la Tierra del espacio?

Sí. En millones de años, muy pocos cuerpos espaciales de grandes dimensiones han chocado contra nuestro planeta. Algunos de esos choques han causado daños tremendos.

Los científicos esperan poder detener cualquier objeto que parezca dirigirse a la Tierra. Uno de sus planes es enviar una bomba poderosa y hacerla explotar cerca del objeto. El estallido sería suficientemente fuerte como para desviarlo de su órbita y evitar que choque con la Tierra.

¿Podríamos alguna vez acercarnos a otra estrella?

No por mucho, mucho tiempo. Hoy en día tardaríamos unos 200.000 años en llegar a Próxima Centauro, la estrella más cercana al Sol.

Imagina que un día podamos viajar a una velocidad aproximada a la de la luz, 186.000 millas (300.000 km) por segundo. Aun a esa fantástica velocidad, el viaje duraría unos cuatro años.

¿Cuánto tiempo seguiremos explorando el espacio?

Mientras

- la gente quiera saber más sobre los mundos que están más allá de la Tierra.
- los científicos sigan encontrando nuevos métodos para la exploración espacial.
- haya gente suficientemente valiente para investigar regiones espaciales desconocidas.
- la gente se haga preguntas sobre el espacio y sueñe con viajar al espacio.

ÍNDICE

Acerca de los autores

Mel y Gilda Berger han seguido las exploraciones espaciales desde el lanzamiento del *Sputnik* (1957) hasta el alunizaje del primer hombre en la Luna (1969) y desde el comienzo de la Estación Espacial Internacional (1998). "Por ahora, nos sentimos felices de leer y escribir sobre el espacio —dicen— ¡y de experimentar los viajes espaciales indirectamente!".

Acerca del ilustrador

Vincent Di Fate tuvo su primer encuentro con las maravillas del espacio cuando tenía cuatro años de edad y fue a ver su primera película de ciencia ficción. La fuente de su inspiración artística fue una hermosa pintura de Chesley Bonestell, quien estudiaba las estrellas y los planetas a través de un telescopio antes de pintarlos. Di Fate dice: "Las pinturas me llevaron a esos lejanos mundos y me hicieron comprender el poder del arte".